短歌研究文庫

くびすじの欠片

野口あや子

JN123719

くびすじの欠片＊目次

I

II

くびすじの欠片

I

助手席

互いしか知らぬジョークで笑い合うふたりに部屋を貸して下さい

さみしさというばけものはひのおわりきみの番号《ナンバー》ひきつれてくる

つまるような想いで僕を乗せている助手席の窓はそくほそくあけ

僕達を傷付けてはまたひきよせる鏡がネットで売られていたよ

「その時になにをしたの?」と言われたものその場で全部やってみせたわ

現実は「はじめ」に「おわり」が届かない狂ったようにまわせコンパス

君の骨のひとつに夢中になるころは腐れむらさきおちろ夕暮れ

私とのこと過ちと片付けて寒い目をする君に会いたい

セロファンの鞄

セロファンの鞄にピストルだけ入れて美しき夜の旅に出ましょう

ローソンの灯りに君の頬白く冷えゆく夜をふたり漂う

熱帯びたあかるい箱に閉ざされてどこへも行けないポカリの「みほん」

ひとのこえ学校指定のスリッパで遠くに放る　五月は怠惰

シャボン玉を宙に浮かせるその力で指輪を作って僕にください

いつ絶えるとも分からずに紙石鹸　アンデルセンの人魚を思う

はつなつの服装検査　先生に短いリボンを直されている

憂鬱と呼ぶには青があわいからラムネの罎を割ってあそぼう

塵白く陽射しに浮かぶ理科室でわたしの細胞ゆっくりうごく

2x−5y＝0　ピーチミントのガム噛みながら

身のうちに猫を棲まわす女子生徒ばかりが集う午後の保健室

封切った缶のドロップいつだって残る薄荷の話をしよう

向かい合う友人の持つストローの細さを眺めている夏休み

ただひとり引きとめてくれてありがとう靴底につく灰色のガム

ふくらはぎオイルで濡らすけだものとけものとの差を確かめるため

オルガンのペダルに指を絡ませてまぶたの重い雨の木曜

焦点の合わぬレンズの輝きのようなあなたに会いにゆきます

降りていくエレベーターに乗りあえばひとらたちまち共犯者めく

開かずの間の扉のようなくちびるに一本はいった傷を見ている

ゼリー状になったあなたを抱きかかえ　しんじつから目をそむけませんか

薄氷裸足で踏んでお互いに傷付くことがしたかったのだ

ベビーパールめいた眠剤転がって赤い月の夜震えるばかり

踊り場に幾度も揺れた影たちが私と共に消える三月

ヘアピン・ピアノ

振り回すコーラ缶から向日葵が咲いて溢れてとまらない夏

神様のすることの先読みをして羽生えるまで歯磨きをする

頬なぞり　瞳　両肩　髪　鎖骨　もう一度頬（そしてゆっくり）
白鳥の羽根にまみれた夜が来て　正しく愛せているのだろうか
ヘアピンで作ったピアノがよこしまなあなたの指で崩れはじめる

舐められた傷口がまた甘いから痛いいたいと繰り返してた
キラキラと飛び散ってしまうたましいに帰るところはないと伝えて

愛なんて言う

もう迷うことなんてない　君の手で時計の針が外されていく
痛々しいまでに真白い喉仏震わせながら愛なんて言う

色褪せたうさぎのワッペン撫でさする　悩みがないってわけじゃなかった

ひるさがりバスの座席に転がったペットボトルの影やわらかき

春雨のあとの桜はつめたくて水の女のうろこのような

どうしても欲しいものがあるという飴細工のようなてのひらをして
スプーンにのった液体が何なのかわからないまま口をひらいた
このままじゃ駄目なんだろう自転車の鍵のホルダーかすかに冷えて

なにもかも決めかねている日々ののち　ぱしゅっとあける三ツ矢サイダー

マクドナルド

あたたかく油のにじむ箱入りのナゲットそっと袋に詰める

わらわらとヤンキーは来てわらわらと去れりコップに歯形をつけて

チーズバーガー作ったその手に触れたいの（触れたい触れたい）開く精算機

すさあっと泡生みながら溢れだすジンジャーエール　雪の残り香

ぬばたまのオイルに沈むポテトたちかりんかりりんただ鳴りながら

君のこと急に思い出したからテリヤキバーガー床にちらばる
くしゃっ、　って笑うあなたがまぶしくてアップルパイのケースさみどり
真っ直ぐに袋に入らないポテトみたいな感じで夕焼けふたり

マクドナルド

バーベキューソース・ピクルス・マスタード・ミルク・つながり眉毛の店長

朝顔をひかりがほどくようにしてコンパクトひらく先輩のゆび

君のいる休憩室へよく冷えたコーラ二缶すんすんと行く

やわらかな日差しのなかでにょにょにょにょと寝起きみたいなソフトクリーム

「チキンバーガーといっても色々あるもので」老女に言えば生まれくる川

真夏日のビッグマックを食むきみをとおい光のように想った

マクドナルド

店長はたびたびエチルアルコールを、アルコールを使え、とわれを責めたり
ひらひらとサイドメニューを言う声が赤く濡れていて（だれの声？）

春が来たなら

ビーズ編みのリングを太き指に付け性同一性障害の友

プーケットで手術を受けてきたというグロスの色が少し濃くなる

たくましい脚かな「私、やっぱり」と言うとき動く黒いタイツの

どこまでの手術をしたかなんてこと尋ねられずに如月のころ

プーケット湿りは強くどんな布で君はその身を包んだだろう

土産としてくれるシャンプーのなめらかな命だろうか君の断ちしは

開かない小箱を持て余すような日々だったのだ　しずかなる雨

ルピナスはどんな香りがするのかと君に聞きたし春が来たなら

カシスドロップ

知らぬ間に汚れてしまった指先をジーンズで拭う　非常階段

ヴァンパイアの眼をした人と過ごす午後鉄観音茶きりきりと飲む

ワンコイン弁当のふた陽に透かす恋する人は光でわかる

凭れあうこと妬みつつ十八の僕に遅れて始まる生理

青春の心拍として一粒のカシスドロップ白地図に置く

髪の色を一剤二剤で抜いている次なる僕はピーチブラウン

奪われてみたいと思うチョコレート細工にこの身ができているなら

蛍光ペン爪に塗り行く宵祭り　君もしんしん光りはじめる

みずいろの風がまぶたを撫でるからゆっくり握る朝顔の種

夏の夢　ほんとのことをはなしたらあなたのかみはほどけてしまう

クチビルの端に笑いを置きながらぜんまい仕掛けのオモチャの会話

チョーク持つ先生の太い親指よ恋知る前に恋歌を知る

あなたでは絶対触れられない場所にオリーブ色の蝶々を飼う

せんせいのおくさんなんてあこがれない／紺ソックスで包むふくらはぎ

左手首に包帯巻きつつ思い出すここから生まれた折り鶴の数

校庭を染める夕焼け　とてつもなく不埒な声で君を呼びたい

降りしきる光のなかから声がして　父さん私はまだ帰れません

えいきゅうにしなないにんげんどうですか。電信柱の芯に尋ねる

過去ばかり話す小石をポケットから出しておずおず言うさようなら

みしみしと夕立過ぎてライオンが飼い慣らされるようなさみしさ

わがままを試されている　角砂糖が炭酸水に溶けていくまで

桃のジェラート

嫌なんて言わせないままくちづける杏仁豆腐色の夕焼け

シトラスの香りで包む夜の眠り羽音のような着信がある

（溺れゆくことが怖くてこの際は水にまぎれてしまいたかった）

手首から細くしたたるパルファムが染め抜いていく紫陽花の青

ばらばらと黒鍵を押す指熱く譜面にはない憐れみの歌

うるわしく人を憎んだ罰として痒みともなう湿疹が生《あ》る

苦しいけど怖くはないの朽ちていくあやめを見ても微笑むばかり

母の書くメモを幾度も折りたたみ白線の内側で夢を待つ

君よりも一匹の白いくちなわを欲しいと思う夏のはじまり

雨の中百合を抱えてつっ走るみずからのみを愛す賭け事

定型の檻　いつまでもいつまでもアラベスク産むだるい夢みる

でたらめな音で歌おう触れたのに悲しんでいる指先のため

恋人の悪口ばかり言いながら持て余している桃のジェラート

蔓草の舌持つひとに抱かれてゆっくり薄いむらさきになる

ささくれた胸を集める人たちよスモークサーモン並べては食む

わたくしの過去形の恋ばかり知る影絵のような横顔の父

あの夏のスコールだった人からの手紙をやぶるしめった指で

しにたいとさやさや笑う縁側に交尾している蜻蛉《かげろう》が来て

わたしたち戦う意味は知らないし花火を綺麗と思ってしまう

みずからのうなじの細さ知らぬまま妹は背をすずんと伸ばす

朝顔の絶えることなく咲きだして誰のものにもなれない弱さ

たそがれの風の行き着く場所としてあなたはスタンドライトを点す

Sexual

真夜中の鎖骨をつたうぬるい水あのひとを言う母なまぐさい

ねこじゃらし君のつけねに触れてみてはじまっている秋の音楽

真っ白な紙風船は闇に落ちまたほのかなるくぼみをつくる

どのおとこも私をあいしませんように父の背中に塗るステロイド

がらんどうの君の一部になりたくて手始めにまず両足を切る

「蜜月」と呼べば確かな切なさも練り歯磨き粉式にはみだす
たたまれてしまわれている抜け殻をひろげては夜を乗り切っていく

バレエがあった日々

浮き出したあばらの檻に棲む鳥のためあのひとは「白鳥」を舞う

母親に結われしいびつなシニヨンのおくれ毛をみる合わせ鏡に

ごく細い脚をフロアに滴らせ水面を揺らすほどの跳躍

ピンク色のタイツだぶだぶ拒食症《スキニー》は子猫をかきむしりつつ去れり

ピンク色のタイツちくちく端的に「下手」と言われしレッスンののち

陰毛をかすかタイツに透かせつつ更衣室の少女の息のいびつさ

パンシェへの流れを見せる先生の胸の廃墟にうつる夕空

うしなったものはなんなの　ポアントの足音ばかりで満たすスタジオ

或る国語教師へ

君とわれのくちびるは話すためにある伊勢物語の絵巻をほどく
間違えた字を手の甲で拭いたる君の黒板という草原

或る国語教師へ

猥談と埃とひかり視聴覚室に膨れておりぬ　上履きを脱ぐ

レポートは告白めいて君の居る机にばかり陽がさすような

性愛をあどけなく待つこの朝《あした》吹き溜まりたる花びらばらす

やわらかき言の葉のうむやわらかき湯気をまとえば好きかと思う

制服のかたちを丸くするわれのかなしみとして濃きミントガム

目録を引くのに慣れる指先はカ・ラ・ス・ノ・エ・ン・ド・ウ、カラスノエンドウ

春の夜のテキスト伏せてまどろめばわれだけに吹く風を知りたり

糊のきくセーラー襟にじくじくの自意識熟れてたぶん醜い

せんせいと呼ばれるたび厚くなる爪で君は缶コーヒーを開けたり

マスカラを重ね塗りする　君の空軽いでしょうか放課後が来る

葉桜の香り自転車置き場にもしたたるばかり（好きな子はだれ？）

教師という免罪符あり指導とも睦言ともとれることばかり言う

レポートのインクが乾く束の間をきみを想って生きてもよいか

山に行く約束をする／海に行く約束をする／父とあなたと

夏服で受け取ったメールアドレスの文字が今でも燃え出しそうだ

ひとりごと聞いてほしいと　ちかちかと　君のメールの　ちかちかちかと

鮮やかに教師であれば　結び目のふくらんでいる黄のネクタイ

若さなどもとめるべきか大人にはならないままで触れるなわれに

先生と呼ばなくて済むカフェにいて無罪になりたい自分に気付く

私の弱い部分を見せながらジンジャーエール差し出している

国語辞典ひらいて君のついた嘘だけに付箋をつける金曜

或る国語教師へ

疑わず林檎ジュースを選りくれる君なり両手で包んで飲めり

熱湯と雪の匂いの幾晩のメールの束よ　あなたはずるい

ジャケットの袖口の染みいじめつつ君は政府のことなどを言う

待ち受けを空から海に変えている会いたくてしかたがない夜である

うろこ雲眺めるようにかかわっていきたかったと　でもほんとうは

三月の証書の筒のざらつきに逆なでをしてきみとわかれる

自転車の学校名のステッカーひりひり剝がす　忘れずにいる

今はもう、それだけ。ノートに書きかけのきみの横顔すこしかすれて

螺旋階段

下の名で呼べばさんさん水しぶきあなたの娘を売り飛ばしたい

抱かれた理由は水彩パレットのくぼみ　たぶん好きだったから

時効まだ来ぬわたくしの恋文を鏡の裏に吊るすこの家

平凡に愛される日々、第二ボタン外されてみたり外してみたり

強かった祖父の入れ歯のことなどを　つゆに浸したままのそうめん

妹の頬をデッサンしたようなポテトチップに影が転がる

胸元でやわらかくなるピスタチオいま会いたいのすぐ会いたいの

一度だけ肩に触れてくれたことみんみんミモザの砂糖漬けこぼす

くちびるの乾く夜中に聞いている水門決壊まぎわのニュース

しかもあなたと交わる夢をみるのですピアノの蓋に金魚の匂い

効きすぎたデパスのせいかすあああと螺旋階段かぜに追われて

すこしだけめくって触れる夕凪のあなたの指のうすみずいろで

ノンシュガーガムやわらかく折るときのさよならばかり作ってしまう

母さんをまた泣かせている僕の眼は回転木馬に降る夏の雪

初恋をゆるせないのだしゅくしゅくになったタオルケット被って
氷水からファンタグレープつかみとる浴衣の袖をまくりあげつつ
足先を葡萄の色に塗りかえて乾くまぎわに会いたくなるよ

寂光院

伽藍とて恋をするのだ靴下で踏む床板がきしきしと鳴く

飴色の回廊はしる少年がふいに阿修羅の表情をする

アクリルの白いコートを汚す雨　好きってそういう意味じゃなかった

わたくしの尼僧姿を思うとき青いもみじの淡さしたたる

やや重いピアスして逢う（外される）ずっと遠くで澄んでいく水

雪虫のひとつひとつの祈りかな　賽銭箱の多き山寺

鶏卵の黄身ゆるやかに喉をゆく嘘だとしてもゆるしてあげる

立ち並ぶ地蔵にそっと触れながら白く透けゆく息をはく君

眼のまえを雪虫がゆく抱かれてる時の声だけ上手に覚え

触れて欲しい場所に触れてもらうため線香の火を避けて歩めり

虫食いの紅葉が揺れる血が混ざりあう戦いをまだ味わえず

II

歌未遂

パレットを洗えば色はとりどりに解《ほぐ》れ流されあなたと出会う

口語もて恋を詠えばさみどりの共同墓地を切り売るいたみ

指にとる練り香水の桃の香のだれもきずつかないものがたり

片思いなど忘れなよ薄紅のすこし湿ったえびせんを噛む

こいびとの言葉借りればあや子ってひとは最高らしいくるしい

あこがれはだれもが持つと知り母のピンクの口紅おそろしくなる

茶碗蒸しの銀杏よけて食べている花鳥風月なんてしらない

薬液のはつかに匂う病室に快感しらずの血管ばかり

歌未遂　バス停わきのビニールのふくろ揺らいで水滴をもつ

絹糸に鋏を入れるつかの間を目はあわせずに笑っていたり

茹ですぎたラディッシュの赤　浴室で濃きうぶげまで見せあっている

デイケアのあいだは庭にさらされる薄みずいろの祖父の車椅子

折り紙の花はかすかに塵かぶり　どれもお医者さまのいうとおぉり

いいなりになっている　受信ボックスのグレーの文字に電子降りつつ

私には私の心臓しかなくて駆ければ不作法に鳴るさみしさよ

もういいね許していいね下敷きを反らせてみたら海に似ている

「ほんとう」はまだ来ていないというひとの集えばかすかジンジャー匂う

血を流す母と血を怖がる父のそれぞれに青いハンカチ畳む

角丸き手帳めくれば過去という雄花ひらいてひらいてやまず

使い慣れているから自由というわけもなくてふたりの口語セックス

あやとりがほどけるようにまたひとつ失ったから春が来ている

てのひらにてのひらあわせほっかりと微熱のようなたんぽぽひらく

立葵

窓ぎわにあかいタチアオイ見えていてそこしか触れないなんてよわむし

甘いだけの恋がしたくて口腔でどろどろ溶けていった絹糸

ひそみたるひとつの骨を抜き出して突き付けるごと喧嘩がしたし

こいびとの口唇のかたちに染みのある珈琲カップ（われかも）洗う

うつむけばうなじにぽつぽつぽつとほね　きらいなひとの消息をきく

感じるって楽しいですか切れかけの白いライトに触れるゆびさき

流木のようなわが肘にふれくるる痛みのような快楽《けらく》のような

言葉とかお前ほんとは嫌いだろきらいだろって闇を搔くひと

立葵

くびすじをすきといわれたその日からくびすじはそらしかたをおぼえる

水たまりほど薄いわがちちふさにてのひらてのひらてのひら揺れる

ふてぶてしくおんなを生きるわたくしはジュレに犬歯であなあけており

一字空けして「好きです」と書くほかは何事もなく初夏の日過ぎる

そのあとはわれの鎖骨をこんこんと叩いてきみは眠るのだった

短銃

くるしいと言えなかったんですかあなたスプーンにそんな錠剤のせて

地下鉄を出たらまず手に確かめる短銃のごと携帯電話

戦争よやあねいやあね水槽に金魚の餌をこぼせば匂う

兵役を忘れた朝《あした》じくじくとマーマレードを食パンに塗る

コンパスの針はいたまし目立っても目立っても輪に触れられぬ国

平和ですへいわですって言いながらタンポポの綿つぎつぎと吹く

カラメルを煮詰めていればふつふつと日曜あさの政治家の声

神に愛されたいための戦いもありて爪先むらさきのラメ

コンビニの募金ケースに幾枚ものレシートが捩《ね》じ込められており

肉という肉から離れてしまいたいオムレツ皿の小鳥のもよう

わたくしの切り取りかた

傘立てに傘ふえる時期　言われたい言葉はやはり言われないまま

檻を恋う小鳥の声で鳴きながら安定剤をはんぶんに割る

予防接種の跡きらめけり完全にひとつになるだなんて無理だよ

顔剃りをはじめてした日のような空　つるんと夏が時間を奪う

早熟を責める声きく楽しさよ頸にひったりチョーカーあわす

カンジュセイ、 と舌ったらずに誉められる苛立ちだこれは 銀色のマウス

わたくしの切り取りかたは簡単で肩より上を欲す母親

わたくしの切り取りかたは簡単で手首の先を欲すこいびと

点滴のチューブに赤がほどけゆくあたらしく笑いかけてください

あこがれる対象が欲しいだけなのだ肩甲骨をそめるむらさき

茎ばかりきれいな花を選りながらきみとわれとが外れだす夜

悪夢とは現実よりも愛されてしまう夢つよくプルトップ引く

雨降れば皆いっせいに傘ひらくはなやぎに似て去年《こぞ》の片恋

梅雨明けの自転車の輪が描いていく二本のほそいやわらかい線

そういうのならばそうです水色のコンペイトウの牙をつまんで

ええすきよ、　なお軽々と口にして夏椿からこぼれる花粉

肘にある湿疹ふいに見せるとき目をそらさない君がいたこと

手帳から静かにはがすプリクラの糊ねばついてやがてかすれる

雨を見てはおる半袖カーディガンそうしてずっと裏切ってきた

間奏なし

伸びきった母の下着がベランダに吊られおりたまにつらいと告げる

よろしく、　と打って飛ばしたEメール台風がまた近付いている

肉親のやさしさなのか知らぬ間に注ぎ足されていたりぬるい麦茶を

眩暈するたびつううっとわたくしは剥がれてバケツの水にうかんだ

みずからを百合の造花と知りし夜のきみのやさしき腕をかなしむ

ファンデーションから浮き上がる汗ぬぐいぬぐいて夏の陸橋わたる

認めると決めつけるとの境目のお皿に盛られたゴーヤチャンプル

前髪を斜めに流して街を過ぐ〈間奏なし〉のような自意識

キスのないセックスはありえないときみラムネの壜のビー玉からん

一昨日のテレビ欄ぐしゃぐしゃにしてあたし弱いの、助けて、と声す

人が死に焼いて埋めてそのうえに石を置きたるおそろしきかな

コントミンその軽やかな名を持ちてわたしのなかの私を奪う

わたくしを身ごもる日にも感じたのだろうか例えば雨の甘さを

濁音をうむ夏休み祖母がフライパンではと麦を炒っている

眠ってるきみの眉毛に触れてみた　風が通った　愛してもいい

リコーダに吹き込む息の音色にはならなかったもの、そうあなたです。

どうしてこんなに憎いのだろうせっけんの泡が排水口に揺れおり

一度だけあなたと息が重なった日がありあり雲から雨がはがれる
でもいつもわが手に水は満ちていてきみの名前を書く　何度でも

少女期おわる

飛べぬまま夏を過ごしてコーラからストロー抜けばちゃいろいしずく

薄墨をかさねるようにゆっくりと奪われるこころ　確かめている

ゆるすことゆるされることそのどちらも砂糖まみれのさみしい薬

紛争をらんらんと論ずる君の何も着けない十指見ており

みどりいろのベロアに指をあそばせる告げられぬなら今すぐ捨てよ

好きな頁ばかり何度も読んでいるわれの頭蓋に小さき花降る

雨傘をふたりでさして半身をぐっしょり濡らす微笑みながら

抱き上げるビスクドールの肩に噛み痕をつけわが少女期おわる

短きレス

幼年のわれの骸のような傘さして小雨の坂をすすめり

くたかたと不規則にきくくつの音ここから去りたいのかなあ私は

野の花を手折りて髪にさすここち君に短きレスを返せば

ああわかるそれもそうよね小さめのフォークでぼろぼろにしているタルト

ゲーセンのトイレの壁に電話番号と「死ね」の文字　まだ苦しくはない

かかげればもしくは人を傷つけるかもしれぬ花束を抱いて

コスモスの茎ほど低い体温で甘えてやらねばあの腕《かいな》には

いつだって言葉にばかり鋭くてしばらく君の目を見ていない

血管のふかく絡まる身体《からだ》ゆえ死にたいというときの恍惚

わかりたいと思えたことはひとたびもないのだしゅんと改札ぬけて

窪ませて待つてのひらに注がれる硫酸　それはあの夏だった

砂糖壺

おのずから脱ぐ快楽に気がつかぬふりをして君の眼にふるみぞれ

それをきみの鎖骨と聞けばためらわず崩すべき砂糖壺の砂糖の

きっぱりと降りる初霜　わたくしの嫌うひとにも苦しみはある

くびすじをなぞるいっぽんの指があり私はかたん、と傾いていく

知らなくてよいことは何にでもあってきみの洗い髪が酸っぱい

万華鏡かちりと揺れるくるおしき一粒としてわたくしがある

ミネラルウォーター

怯えたり求めたりする夜のため細いチェーンを光らせておく

処置室へのびる廊下の片隅に油で描かれた向日葵がある

しふぉんシフォンかさねて縫えばひきつれるしあわせが苦手なのです、せんせい
わたしからはじめるときの散らばった和三盆糖なめるはかなさ
だってそれあなたもでしょうと言いながら羽織るダウンが少し重くて

生きてって言われて欲しいひとばかりコットンキャンディー唾液でつぶす

口内炎かわされながらしてるキス　嫌だったずっとずっと嫌だった

わたくしがわたしを愛する抱かれ方つめたくミネラルウォーター空ける

冬の日のアイスクリームのささやかな思いやりなど消したくて　ただ

やるせないと思えるうちはまだ光っているのだろうなブラウスふわり

コンサートのチラシ一枚抜き取りぬこれは社交辞令です好きです

きみの旋律にあわせて肋骨をゆっくりひらく冬のあかとき

塗りすぎた軟膏を削ぐそんな夜があなたにもきっとあったのだろう

はなびらで堰き止められた浅い川　臆病なまま忘れられたい

すっぽりとこの世から消えたことなくて携帯の灯が点滅してる

あとがき

　これは私の第一歌集です。十五歳から二十歳までの作品、三一一首をまとめました。第一章は、第四十八回短歌研究新人賞次席作品「セロファンの鞄」と第四十九回短歌研究新人賞受賞作品「カシスドロップ」を中心に、二〇〇六年までの作品とし、その後の作品を第二章にまとめました。また、最新作として「ミネラルウォーター」を書き下ろしました。

　短歌は私のかけらだと、いつも思います。すべてを掬い取ることはできないけれど、確かに私の一部。脆いもの、散らばったもの、壊れてしまうもの、あるいは壊してしまったものを私なりの勇気を持って言葉というからだにすることで、私は私を保ってきたような気がします。歌集のタイトル「くびすじの欠片」はそんなからだの一番脆い部分、「くびすじ」をかけらと見立てることでそれを表現してみました。

　私の作者という分身をいち早く拾って育ててくださった松村あや先生をはじめ、「幻桃」の会員の皆様には本当に感謝しています。「幻桃」では、短歌の世界を、寄り道しながらでも自由に歩かせていただくことができました。また、第四十九回短歌研究新人賞応募と同時に入会した「未来」では、加藤治郎先生に、手厚く、作者として「本当に大切なもの」を飲み込みの遅い私に幾度もご指導いただきました。歌会に出席したときには、私の歌を厳しく批評しながらも「いや、野口さんには短歌の最前線を走ってほしいからね」と、作者として一番うれしいお言葉をくださいました。

短歌に自分のかけらを再構成させる役割を持たせてしまうことには、いつもどこかで短歌に対してふてぶてしいなと思っています。しかし、短歌を作るには、ある種の脆さと、それにつりあうふてぶてしさが必要だと私は思います。師に、そして私の短歌に興味をもってくれるひとに、自分のかけらを力任せに投げつけていきながら、今は走っていきたいです。そして、「私にはこうしか書けないのだ」が、いつしか「私にしかこうは書けないのだ」になるまで自信を持つことができたら、そしてそれまで短歌を続けることができたらいいなと思います。

出版にあたり、短歌研究社の堀山和子様には大変お世話になりました。また、装丁は菊地信義様に全面的にお願いをさせていただきました。深くお礼申し上げます。

二〇〇八年十一月二十日　大学のパソコンルームにて

野口あや子

文庫版あとがき

冬も極まる中、名古屋市のアパートのある一室で、朝が始まる。起きるとまず毛布と布団を畳む。敷き布団は三つ折りに、掛け布団は四つ折りにして積み上げ、その真ん中に枕を置く。顔を洗い、歯を磨き、化粧水と乳液をつける。台所に行くと大好きな花柄のマグカップで豆乳ラテを飲み、ヨーグルトに混ぜたグラノーラを食べる。これが終わったら、一呼吸して書き物にうつろう。来月は、鹿児島行きと東京行きの予定がある。それまでには、今手元にある原稿を形にしておかないと。

第一歌集『くびすじの欠片』出版から約十五年が経った。不登校を経て通信制高校の生徒だった私は、あれから多くの人と出会い、別れ、またもう一度出会い直したりして、いくつかの諦めを知り、それに劣らないたくさんの可能性を知った。美味しく食べ、豊かに眠り、数は多くはないが信頼できる友人に恵まれ、旅行や出張で異なる文化を知ることもできた。安全な衣食住に守られ、「父」とも「母」とも「妹」とも離れて暮らし、何より私は私と仲良くなった。そしてその環境に私を運んでくれたのは、やはり短歌そのものだった。

高校生のとき、短歌に出会っていなかったらどうなっていただろう。一人の部屋で起きて布団を畳むこともできなかったんじゃないか。冗談に聞こえるかもしれない。でも、短歌は確かにそれぐらい、私を豊かに力強く生きる道に導いてくれた。

ここまで私を導いてくれた短歌という詩型に、また懲りずに付き合ってくれる読者に、そして師に、歌友に改めて感謝の意を捧げたい。たった三十一文字だけれど、それは人生に無限の可能性と、力を与えてくれる。そのことを今、私のこの朝が証明しているのだ。

野口あや子

二〇二三年十二月二十日

文庫版解説

小佐野彈

野口あや子が連作「カシスドロップ」で短歌研究新人賞を受賞したのは、僕がちょうど作歌から離れていた時期だった。何度か新人賞に応募したけれど、箸にも棒にも引っかからなかったので、自身の才能に見切りをつけていたのだ。だから、短歌総合誌のたぐいは読まなくなっていた。

でも、なぜだろう。野口の受賞発表号である「短歌研究」二〇〇六年九月号の誌面は、覚えているのだ。たしか、八重洲の大型書店で立ち読みをしたのだった。すでに目にもくれなくなっていた書店の詩歌の棚に、どうしてあの日に限って立ち寄ったのか。いまだにわからない。

昨今の世相では「ルッキズム」だと誹りを受けるかもしれないが、受賞のことばに添えられた写真を見て、僕は「美人だ」と思った。続いて受賞作を読んだ。

凭れあうこと妬みつつ十八の僕に遅れて始まる生理　「カシスドロップ」

この一首を目にした瞬間、僕は雑誌を閉じた。

「僕」という一人称で生理についてうたっている衝撃もさることながら、十代の女性が「わたくし」をあまりに赤裸々に曝し、差し出していることに打ちのめされたからだ。野口のこの歌に比べたら、僕がそれまでに詠って来たのはすべて「歌もどき」だと思った。言葉を編む才にあふれ、強烈な語彙をたおやかに綴る繊細そうな美少女は、あまりに遠い存在に思われて、嫉妬もしなかったし、憧れることすらできなかった。

鮮烈なデビューを飾った美少女は、二〇〇九年、第一歌集『くびすじの欠片』を上梓し、まるでそれが当然のことわりであるかのように、翌年の現代歌人協会賞を最年少で受賞した。そのニュースは知っていたし、僕が歌を詠むことを知っているおせっかいな友人がしきりに勧めてくれたりしたけれど、結局僕は『くびすじの欠片』を読まなかった。

数年が経ち、三十路にさしかかった僕は「もう一度、真剣に歌と文芸に取り組もう」と奮起していた。僕が作歌を再開するにあたって、短歌にあかるい友人が何冊も「必読書」を挙げてくれたが、リストのなかに『くびすじの欠片』も入っていた。送られて来たメッセージには「弾が歌の道に進むのならば、野口あや子は避けて通れないと思う」という注釈まで添えられていた。すでに在庫が品薄になっていたが、僕はAmazonで『くびすじの欠片』を購入した。

装丁家と作家それぞれの強い美意識とこだわりを感じさせる表紙を開くと、

互いしか知らぬジョークで笑い合うふたりに部屋を貸して下さい　「助手席」


という巻頭歌がまず目に飛び込んでくる。このとき、僕は野口あや子のバックグラウンドやパーソナリティを知らなかった。若手歌人のトップランカーであり、「未来短歌会」の期待の星。現代歌壇の王道をかろやかに突き進む同年代の女性歌人だということはもちろん知っている。アンソロジーなどに掲載された近影も見ていたから、あのどこか自信なさげな美少女がつややかな憂いを帯びたうつくしい女性になったことも。ただ、彼女の人となりや生活については、当然ながら知るよしもなかった。

掲出歌の上句「互いしか知らぬジョークで笑い合う」は健全な青春の塑像である。言うなれば「リア充」だ。ところが「ふたりに部屋を貸して下さい」という下句は切実で、苦しさすら感じさせる。互いしか知らぬジョークで笑い合う若いふたりは幸せなはずなのに、下句のせいでむしろ作中主体が抱いているのは「疎外感」なのだ、と突きつけられる。

おかしい。

「史上最年少」という枕詞とともに賞を次々とかっさらい、歌壇のスターダムを駆け上がった美少女・野口は「リア充」のはずだ。なのに、誰にもわからない秘密の暗号を分け合いながら、安住の地を求めさまようような歌を巻頭に置いている。

野口あや子とは、はたしてどんな人なのだろう――。

巻頭歌に惹きつけられた僕は、突き動かされるようにページをどんどんめくっていった。

セロファンの鞄にピストルだけ入れて美しき夜の旅に出ましょう
シャボン玉を宙に浮かせるその力で指輪を作って僕にください
2x－5y＝0　ピーチミントのガム噛みながら
薄氷裸足で踏んでお互いに傷付くことがしたかったのだ
「セロファンの鞄」

二〇〇五年の短歌研究新人賞次席となった、十七歳の野口が詠んだ一連から引いた。なんて、なんの衒いもない、赤裸々でまっすぐな歌たちだろう。「ヒリヒリ」というありきたりな擬音ではとても表現することのできない、青春期の痛みが、まるで皮膚にできた擦り傷に滲むあわい血のように、じわじわと読む者のこころに浸潤する。

「春が来たなら」

ビーズ編みのリングを太き指につけ性同一性障害の友

プーケットで手術を受けてきたというグロスの色が少し濃くなる

たくましい脚かな「私、やっぱり」と言うとき動く黒いタイツの

どこまでの手術をしたかなんてこと尋ねられずに如月のころ

プーケット湿りは強くどんな布で君はその身を包んだだろう

野口が性同一性障害の学友との日々をうたいあげた一連「春が来たなら」は、僕にとってこの歌集の白眉である。僕は野口に遅れること十余年、二〇一七年に同性愛をテーマにした連作で短歌研究新人賞を受賞したが、受賞作は野口の「春が来たなら」から大きな影響を受けている。マイノリティの真実に迫った短歌は昨今ではめずらしくなくなったが、掲出歌からもわかるように、性的マイノリティの姿をうたった野口の歌たちは、政治的スローガンであることや批評性を纏うことを、徹底的に拒んでいる。価値判断や「訴え」とは無縁で、ただひとりの友人として、パラフィン紙一枚を隔てたような絶妙な距離感で寄り添い、見つめている。当事者にしかわからない部分に立ち入らず、しかし無関心ではな

い。これらの一連から透けて見える野口の態度に、僕は誠実な歌よみとしての姿を見る。

君とわれのくちびるは話すためにある伊勢物語の絵巻をほどく　「或る国語教師へ」

間違えた字を手の甲で拭いたる君の黒板という草原

制服のかたちを丸くするわれのかなしみとして濃きミントガム

教師とおぼしき人物への名状しがたい思いを――あこがれとも恋とも言い難い名を持たぬ情念を、微細な視点とことん鋭敏な身体感覚で切り取った一連「或る国語教師へ」もまた圧巻だ。

掲出歌にとどまらず、この歌集にはヘテロセクシュアルの男性が妄想しがちな「少女」の姿とは次元のちがう、「ほんものの少女」が一巻を通じて横たわっている。受賞のことばに添えられた写真では上目遣いで薄く微笑んでみせた少女と、その化身たる作中主体は、ほんとうはくらい悲しみと激しい衝動を抱え、孤独であり、禁忌にあこがれ、傷ついている。

青春とはそういうものだ、と笑い飛ばすのは簡単だ。でも、『くびすじの欠片』の主人公はそういう一般化された青春像とはまたちがう、彼女だけのくるしみの中をたゆたっている。掲出歌からもわかるように、野口の歌は決して複雑ではなく、これみよがしに技巧をこらしているわけでもない。じゅうぶんに「わかりみ」が溢れている。しかし『くびすじの欠片』を読み進めるほど、読者もまた孤独になってゆく。「ああ、わたしと同じだ」とか「俺も同じだった」といったたぐいの安易な共感を、この歌集は拒むのだ。本書の主人公が感じる痛みも苦しみも、あるいはしあわせもあこがれも、決して一般化できるものではなく、彼女たったひとりのものなのだ、と思い知らされる。

若い女性歌人が、青春期の恋模様や生活をまっすぐにうたった歌集の先例としては、言うまでもなく俵万智『サラダ記念日』があまりにも有名だ。センセーショナルに登場した一見「リア充」な女性歌人という点において、野口と俵を比較する向きもある。俵が『サラダ記念日』において「缶チューハイ」や「東急ハンズの買い物袋」といった具体をふんだんに使ってリアルな二十代女性のライフスタイルをてらいなく見事にうたい上げたことは広く知られている。

野口もまた、本書『くびすじの欠片』において、マクドナルドやピーチミントのガムなどの身近な具体物を使い、十代の少女の生活をうたっている。なのに、『くびすじの欠片』と『サラダ記念日』はあまりにちがう。万人の共感を得て、二百万部を超えるベストセラーになった『サラダ記念日』は、自立した女性のバイブルであり、読後感は爽快にして向日性がある。

対して野口の『くびすじの欠片』は、なにかに縛られ、自由になれず、諦念とともに生きる少女の独白であるように思われる。「生きづらさ」や「抑圧」、あるいは「不条理」と戦うのではなく、澄んだ瞳でそれらを見つめ、切り取り、諦めながら生きる少女のありのままの姿が曝されている本書は、実は『サラダ記念日』の対極に位置する、もうひとつの現代歌壇における「事件」と呼ぶにふさわしい一冊なのだ。


抱き上げるビスクドールの肩に噛み痕をつけわが少女期おわる　「少女期おわる」


歌集の終盤で、少女はひっそりと少女期を終える。決して高らかではないが、でも、たしかな意志のもと、ビスクドールに噛み痕をのこして。

しかし、少女は消えたのではない。脆さも弱さも引き受けたまま成長し、いまや日本を代表する歌人となった野口あや子のこころのなかで、『くびすじの欠片』の少女はくらく青い火を燃やしたまま、静かに笑っている。

奇しくも野口と同じ賞を受け、同じ道をたどり、いまや野口の友人となった僕は、そのことを知っている。

「くびすじの欠片」

単行本　二〇〇九年三月三日刊行（短歌研究社刊）

野口あや子
のぐち・あやこ

一九八七年、岐阜市生まれ。日本歌集で第五十四回現代歌人協会賞を受賞。ほか歌集に『夏にふれる』『かなしき玩具譚』(短歌研究社)、『眠れる海』(書肆侃侃房)。詩人・三角みづ紀との共著に『気管支たちとはじめての手紙』(マイナビブックス)、歌集『ホスト万葉集』(短歌研究社)編者。

令和六年三月一日　第一刷印刷発行

くびすじの欠片《かけら》

短歌研究文庫〈新の-1〉

著者　野口《のぐち》あや子《こ》
発行者　國兼秀二
発行所　短歌研究社
郵便番号一一二-〇〇一三
東京都文京区音羽一-一七-一四　音羽ＹＫビル
電話　〇三-三九四四-四八二二・四八三三
振替　〇〇一九〇-九-二四三七五番
印刷・製本　大日本印刷株式会社
ブックデザイン　鈴木成一デザイン室
ISBN978-4-86272-763-3 C0092
©Ayako Noguchi 2024, Printed in Japan

検印省略　落丁本・乱丁本はお取替えいたします。本書のコピー、スキャン、デジタル化等の無断複製は著作権法上での例外を除き禁じられています。本書を代行業者等の第三者に依頼してスキャンやデジタル化することはたとえ個人や家庭内の利用でも著作権法違反です。定価はカバーに表示してあります。